Para Sofía, mi sobrinita de Olías.
A. Rubio

Colección **libros para soñar**

© del texto: Antonio Rubio, 2006
© de las ilustraciones: Gabriel Pacheco, 2006
© de esta edición: Kalandraka Ediciones Andalucía, 2006
Avda. Cuatro Vientos, 7 - 41013 Sevilla
Telefax: 954 095 558
andalucia@kalandraka.com
www.kalandraka.com

Impreso en C/A Gráfica
Primera edición: febrero, 2006
ISBN: 84-96388-12-3
DL: SE-761-06

Antonio Rubio

Gabriel Pacheco

EL POLLITO
DE LA
AVELLANEDA

Cuento popular

kalandraka

Pues señor…

este era un pollito que estaba comiendo
con su gallinita en la avellaneda,
cuando se atragantó con una avellana
y casi se iba a ahogar.

Entonces la gallinita corrió a la casa del ama:

–Ama, ven a la avellaneda
a sacar a mi pollito una avellana.
Ande, no se haga de rogar,
que se me puede ahogar.

–Es que no tengo zapatos. Pídeselos al zapatero.

Y la gallinita corrió a la casa del zapatero.

–Zapatero, dame unos zapatos para el ama
que tiene que sacarle una avellana
a mi pollito que está en la avellaneda.

Ande, no se haga de rogar,
que se me puede ahogar.

–Es que no tengo cuero. Pídeselo a la cabra.

Y la gallinita corrió a la casa de la cabra.

–Cabra, dame cuero para el zapatero,

que tiene que hacer unos zapatos para el ama,

que tiene que sacarle una avellana

a mi pollito que está en la avellaneda.

Ande, no se haga de rogar,

que se me puede ahogar.

–Es que mi cuero quiere hierba. Pídesela al prado.

Y la gallinita corrió al prado.

–Prado, dame hierba para la cabra,

que tiene que dar cuero al zapatero,

que tiene que hacer unos zapatos para el ama,

que tiene que sacarle una avellana

a mi pollito que está en la avellaneda.

Ande, no se haga de rogar,

que se me puede ahogar.

–Es que estoy seco y no tengo hierba.

Pídele agua a la nube.

Y la gallinita voló a la nube.

–Nube, dame agua para el prado,
que tiene que dar hierba a la cabra,
que tiene que dar cuero al zapatero,
que tiene que hacer unos zapatos para el ama,
que tiene que sacarle una avellana
a mi pollito que está en la avellaneda.

Ande, no se haga de rogar,
que se me puede ahogar.

Y la nube dio agua al prado,
y el prado, hierba a la cabra,
y la cabra, cuero al zapatero,
y el zapatero, zapatos al ama,
y el ama corrió a la avellaneda
y le sacó al pollito la avellana.

Y el pollito
se puso a cantar muy feliz:

¡Pío pío pío,
pío pío pí!

Y este viejo cuento
ya llegó a su fin.